매일, 시 한 잔

매일, 시 한 잔 첫 번째

초판 1쇄 발행 2019년 3월 22일
초판 16쇄 발행 2022년 12월 15일
개정 1쇄 발행 2024년 1월 3일
개정 3쇄 발행 2025년 1월 16일

지은이 | 윤동주 외
펴낸이 | 金湞珉
펴낸곳 | 북로그컴퍼니
주소 | 서울시 마포구 와우산로 44(상수동), 3층
전화 | 02-738-0214
팩스 | 02-738-1030
등록 | 제2010-000174호

ISBN 979-11-6803-075-6 03810

오늘도 시를 읽고, 쓰고, 가슴에 새기다

매일, 시 한 잔

윤동주 외 지음
배정애 캘리그라피

북로그컴퍼니

일러두기

· 본 개정판은 2019년 출간한 《매일, 시 한 잔》 초판에서 시 21편을 교체해 수록했습니다.

· 이 책에 실린 시 전문은 한국문학예술저작권협회와 출판권을 가진 출판사를 통해 원작자의 동의를 얻어 수록한 것입니다.

· 〈싸늘한 이마〉 〈다리 위에서〉 등 몇 편의 옛 시는 시어를 해치지 않는 범위에서 현대어로 옮겨 적었습니다.

· 한국 현대시는 원본 그대로의 단어와 맞춤법을 따르되, 명백한 오탈자는 고쳤습니다. 일부 시의 경우 원작자에게 원문을 확인받아 실었습니다.

잊지 않기 위해
매일 시 한 잔을 마십니다

꿈꿔왔던 날의 황홀함
첫눈 내리던 날의 설렘
사랑하는 이와의 행복
오해가 빚어낸 상처

그럼에도 기억하고 싶고
추억하고 싶은 나의 하루

그날을 잊지 않기 위해
매일 시 한 잔을 마십니다.

한 모금 한 모금
내 몸과 마음에 따스함이 스며듭니다.
찬찬히 시 한 잔이 들어옵니다.

한 잔, 오늘의 시를 골라보세요

오늘 내 마음에 가까운 시를 하나 골라보세요.

어느 페이지든 좋아요.

내 마음이 멈추는 곳이라면

그곳에 머물러주세요.

한 잔, 오늘의 시를 읽어보세요

따스한 차를 마시듯 찬찬히 시를 읽어보세요.

첫맛과 끝 맛에 온 신경을 집중하듯이,

혀를 살짝 굴려 어떤 맛이 나는지 놀이하듯이,

시를 읽으며 내 마음이 하는 소리에 귀 기울여보세요.

한 잔, 오늘의 시를 따라 써보세요

시를 읽다가 내 마음을 울리는 문장이 있다면
좋아하는 펜을 잡고 차분히 적어보세요.
단어도 좋고 내 느낌을 적어봐도 좋아요.
오늘이 아니면 절대 오지 않을 이야기를 새겨보세요.

한 잔, 오늘의 시를 마셔보세요

오늘 내 마음에 온 시는,
오늘 마셔야만 온전히 우러나는 차.
당신의 삶에 가장 가까운 시를 선물할게요.
매일 한 잔씩 골라 천천히 음미해보세요.

차례

PART 3 그대를 다 가지겠습니다

PART 5 기다리지 않아도 너는 온다

PART 1

마침내 피워낸 저 황홀

사랑하는 사람이 미워지는 밤에는 몹시도 괴로웠다

어깨 위에 별들이 뜨고

그 별이 다 질 때까지 마음이 아팠다

첫사랑

- 고재종

흔들리는 나뭇가지에 꽃 한번 피우려고
눈은 얼마나 많은 도전을 멈추지 않았으랴

싸그락 싸그락 두드려보았겠지
난분분 난분분 춤추었겠지
미끄러지고 미끄러지길 수백번

바람 한 자락 불면 휙 날아갈 사랑을 위하여
햇솜 같은 마음을 다 퍼부어준 다음에야
마침내 피워낸 저 황홀 보아라

봄이면 가지는 그 한번 덴 자리에
세상에서 가장 아름다운 상처를 터뜨린다

꽃을 위한 서시序詩

— 김춘수

나는 시방 위험한 짐승이다.
나의 손이 닿으면 너는
미지의 까마득한 어둠이 된다.

존재의 흔들리는 가지 끝에서
너는 이름도 없이 피었다 진다.
눈시울에 젖어드는 이 무명의 어둠에
추억의 한 접시 불을 밝히고
나는 한밤내 운다.

나의 울음은 차츰 아닌 밤 돌개바람이 되어
탑을 흔들다가
돌에까지 스미면 금(金)이 될 것이다.

……얼굴을 가리운 나의 신부(新婦)여,

사랑하는 사람이 미워지는 밤에는

-도종환

사랑하는 사람이 미워지는 밤에는 몹시도 괴로웠다
어깨 위에 별들이 뜨고
그 별이 다 질 때까지 마음이 아팠다

사랑하는 사람이 멀게만 느껴지는 날에는
내가 그에게 처음 했던 말들을 생각했다

내가 그와 끝까지 함께 하리라 마음 먹던 밤
돌아오면서 발걸음마다 심었던 맹세들을 떠올렸다
그 날의 내 기도를 들어준 별들과 저녁하늘을 생각했다

사랑하는 사람이 미워지는 밤에는
사랑도 다 모르면서 미움을 더 아는 듯이 쏟아버린
내 마음이 어리석어 괴로웠다

언제 오셔요

— 김억

언제 오셔요, 내 사람아,
언제 오셔요, 내 님이여,
날은 어둡고 바람은 붑니다,
이번 가시면 언제 오셔요.

언제 오셔요, 내 사람아,
내일 오셔요, 내 님이여,
바람은 불고 해는 집니다,
이번 가시면 다시는 못 오셔요.

입술

-이성복

우리가 헤어진 지 오랜 후에도 내 입술은 당신의 입술을 잊지 않겠지요 오랜 세월 귀먹고 눈멀어도 내 입술은 당신의 입술을 알아보겠지요 입술은 그리워하기에 벌어져 있습니다 그리움이 끝날 때까지 닫히지 않습니다 내 그리움이 크면 당신의 입술이 열리고 당신의 그리움이 크면 내 입술이 열립니다 우리 입술은 동시에 피고 지는 두 개의 꽃나무 같습니다

치자꽃 설화

— 박규리

사랑하는 사람을 달래 보내고
돌아서 돌계단을 오르는 스님 눈가에
설운 눈물 방울 쓸쓸히 피는 것을
종탑 뒤에 몰래 숨어 보고야 말았습니다
아무도 없는 법당문 하나만 열어놓고
기도하는 소리가 빗물에 우는 듯 들렸습니다
밀어내던 가슴은 못이 되어 오히려
제 가슴을 아프게 뚫는 것인지
목탁소리만 저 홀로 바닥을 뒹굴다
끊어질 듯 이어지곤 하였습니다
여자는 돌계단 밑 치자꽃 아래
한참을 앉았다 일어서더니
오늘따라 가랑비 엷게 듣는 소리와
짝을 찾는 쑥국새 울음소리 가득한 산길을
휘청이며 떠내려가는 것이었습니다.
나는 멀어지는 여자의 젖은 어깨를 보며
사랑하는 일이야말로
가장 어려운 일인 줄 알 것 같았습니다
한 번도 그 누구를 사랑한 적 없어서

한 번도 사랑받지 못한 사람이야말로
가장 가난한 줄도 알 것 같았습니다
떠난 사람보다 더 쉽게만 보이는 잿빛 등도
저물도록 독경소리 그치지 않는 산중도 그만 싫어
나는 괜시리 내가 버림받은 여자가 되어
버릴수록 더 깊어지는 산길에 하염없이 앉았습니다

사랑하는 일이야말로
가장 어려운 일인 줄 알 것 같았습니다
한 번도 그 누구를 사랑한 적 없어서
한 번도 사랑받지 못한 사람이야말로
가장 가난한 줄도 알 것 같았습니다

사랑이 어떻게 너에게로 왔는가

— 라이너 마리아 릴케

사랑이 어떻게 너에게로 왔는가.
햇살처럼 꽃바람처럼
기도처럼 왔는가.

행복이 반짝이며 하늘에서 몰려와
날개를 접고
꽃피는 나의 가슴에 크게 걸려온 것을…….

끝없는 강물이 흐르네

— 김영랑

내 마음의 어딘 듯 한 편에 끝없는
강물이 흐르네
돋쳐 오르는 아침 날빛이 빤질한
은결을 도도네
가슴엔 듯 눈엔 듯 또 핏줄엔 듯
마음이 도른도른 숨어 있는 곳
내 마음의 어딘 듯 한 편에 끝없는
강물이 흐르네

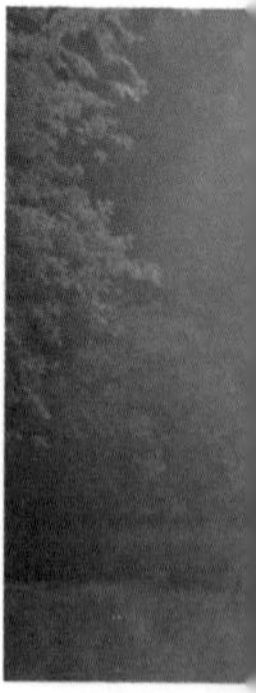

밤

— 윤동주

외양간 당나귀
아—ㅇ 앙 외마디 울음 울고,

당나귀 소리에
으—아 아 애기 소스라쳐 깨고,

등잔에 불을 다오.

아버지는 당나귀에게
짚을 한 키 담아 주고,

어머니는 애기에게
젖을 한 모금 먹이고,

밤은 다시 고요히 잠드오.

별 하나

— 김형영

별 하나 아름다움은
별 둘의 아름다움,
별 둘 아름다움은
별 셋의 아름다움,
별 셋 아름다움은
별 여럿의 아름다움,
별 여럿 아름다움은
별 하나의 아름다움,

별 하나 별 둘 어우러지고
별 둘 별 셋 어우러지고
별 셋 별 여럿 어우러지고
별 여럿 별 하나 어우러지고

아름다운 하늘의 별
어느 별 하나
혼자서 아름다운 별 없구나.
혼자서 아름다우려 하는
별 없구나.

술 노래

-윌리엄 버틀러 예이츠

술은 입으로 들고
사랑은 눈으로 든다
우리가 늙어 죽기 전에
알아야 할 진실은 이것뿐
술잔을 입으로 가져가며
나 그대를 바라보며, 한숨짓네

Drinking Song

—— **William Butler Yeats**

Wine comes in at the mouth
And love comes in at the eye;
That's all we shall know for truth
Before we grow old and die.
I lift the glass to my mouth,
I look at you, and I sigh.

사랑법

— 강은교

떠나고 싶은 자
떠나게 하고
잠들고 싶은 자
잠들게 하고
그리고도 남는 시간은
침묵할 것

또는 꽃에 대하여
또는 하늘에 대하여
또는 무덤에 대하여

서둘지 말 것
침묵할 것

그대 살 속의
오래 전에 굳은 날개와
흐르지 않는 강물과
누워 있는 누워 있는 구름,
결코 잠깨지 않는 별을

쉽게 꿈꾸지 말고
쉽게 흐르지 말고
쉽게 꽃피지 말고
그러므로

실눈으로 볼 것
떠나고 싶은 자
홀로 떠나는 모습을
잠들고 싶은 자
홀로 잠드는 모습을

가장 큰 하늘은 언제나
그대 등 뒤에 있다

임께서 부르시면

— 신석정

가을날 노랗게 물들인 은행잎이
바람에 흔들려 휘날리듯이
그렇게 가오리다
임께서 부르시면……

호수에 안개 끼어 자욱한 밤에
말없이 재 넘는 초승달처럼
그렇게 가오리다
임께서 부르시면……

포근히 풀린, 봄 하늘 아래
굽이굽이 하늘가에 흐르는 물처럼
그렇게 가오리다
임께서 부르시면……

파아란 하늘에 백로가 노래하고
이른 봄 잔디밭에 스며드는 햇볕처럼
그렇게 가오리다
임께서 부르시면……

설야 雪夜

-김광균

어느 머언 곳의 그리운 소식이기에
이 한밤 소리 없이 흩날리느뇨

처마 끝에 호롱불 여위어 가며
서글픈 옛 자췬 양 흰 눈이 내려

하이얀 입김 절로 가슴이 메어
마음 허공에 등불을 켜고
내 홀로 밤 깊어 뜰에 내리면

머언 곳에 여인의 옷 벗는 소리

희미한 눈발
이는 어느 잃어진 추억의 조각이기에
싸늘한 추회(追悔) 이리 가쁘게 설레이느뇨

한줄기 빛도 향기도 없이
호올로 차단한 의상을 하고
흰 눈은 내려 내려서 쌓여
내 슬픔 그 위에 고이 서리다

PART 2

꽃이 지는 아침은 울고 싶어라

하루가 지나고 세월이 흐르면

지나간 시간도 사랑도

돌아오지 않고

'하물며'라는 말

— 김승희

하물며라는 말이여, 참으로 아름답도다,
그 말에는
슬픔 가득한 서광의 눈동자가 들어 있고
아무것도 아닌 사람을 아무것도 아닌 사람이
다시 한 번 돌아다보는 사랑이 들어 있다,
비천한 것들에 대한 굉장한 비탄이 들어 있다

사랑하지 않는 마음에는
하물며가 없다,
마음이 마음이 아닐 때 들려오는 말이여,
하물며라는 증오를 거부하는 말이여,
아무것도 아닌 네가 아무것도 아닌 나를
한 번 더 은은히 돌아보는 눈길 같은 말이여
한없는 바닥에서 굉장히 쟁쟁한 말이여

마음에 두려움이 없는 곳

— 라빈드라나트 타고르

마음에 두려움이 없고 머리가 높이 들린 곳
지식이 자유롭고
세계가 조각조각 나누어지지 않는 곳
좁은 집 벽 사이사이
진실의 깊은 속에서 말이 솟아나는 곳
끊임없는 노력이 완성을 향해 두 팔을 뻗는 곳
지성의 맑은 흐름이
굳어버린 관습의 사막에서 길을 잃지 않는 곳
무한히 퍼져나가는 생각과 행동으로 우리들의 마음이 인도되는 곳
저 자유의 천국으로

내 마음의 조국을 깨우소서. 나의 임이시여.

아이들에 대하여

—— **칼릴 지브란**

당신의 아이는 당신의 아이가 아닙니다.
아이들은 스스로를 갈망하는 삶의 아들과 딸이니
당신을 통해 왔으나 당신으로부터 온 것은 아니며
당신과 함께 있지만 당신의 소유는 아닙니다.

당신은 아이들에게 사랑은 줄 수 있으나 당신의 생각까지 주어서는 안 됩니다.
아이들에게는 아이들의 생각이 있기 때문입니다.
당신은 아이들의 몸은 돌볼 수 있으나 그들의 영혼은 거둘 수 없으니
아이들의 영혼은 당신이 꿈에서도 결코 찾아갈 수 없는 내일의 집에 살기 때문입니다.
당신이 아이들처럼 되려고 애쓸 수는 있지만 아이들을 당신처럼 되게 하려고 애쓰지는 마세요.
삶은 되돌아가지도 않으며 어제에 머물러 있지도 않기 때문입니다.

당신은 활이니
살아 있는 화살 같은 아이들은 당신으로부터 쏘아져 앞

으로 나아갑니다.

신은 무한의 길 위에 있는 과녁을 겨누고

그의 화살이 빠르고도 멀리 갈 수 있도록 온 힘을 다해 당신을 당길 것입니다.

그러니 당신은 신의 손에 기쁘게 당겨지세요.

그는 날아가는 화살을 사랑하는 것만큼 튼튼한 활인 당신 또한 사랑해줄 것입니다.

방랑 —— 크눌프를 기억하며

— 헤르만 헤세

슬퍼하지 마라 이제 곧 밤이 오리니
밤이 오면 우리는
창백한 들판 위에
싸늘한 달이 살며시 웃고 있는 걸 보게 되리라
그때 서로 손을 맞잡고 쉬자

슬퍼하지 마라 이제 곧 때가 오리니
때가 오면 우리는
안식하리니 우리의 십자가가
밝은 길가에 나란히 내리리라
비가 오고 눈이 오고
바람 또한 오고 가리라

순수의 전조

— 윌리엄 블레이크

한 알의 모래 속에서 세계를 보고
한 송이 들꽃에서 천국을 보라
손바닥 안에 무한을 거머쥐고
찰나 속에서 영원을 보라

Auguries of Innocence

— **William Blake**

To see a World in a grain of sand,
And a Heaven in a wild flower,
Hold Infinity in the palm of your hand,
And Eternity in an hour....

숲

— 강은교

나무 하나가 흔들린다
나무 하나가 흔들리면
나무 둘도 흔들린다
나무 둘이 흔들리면
나무 셋도 흔들린다

이렇게 이렇게

나무 하나의 꿈은
나무 둘의 꿈
나무 둘의 꿈은
나무 셋의 꿈

나무 하나가 고개를 젓는다
옆에서
나무 둘도 고개를 젓는다
옆에서
나무 셋도 고개를 젓는다

아무도 없다

아무도 없이

나무들이 흔들리고

고개를 젓는다

이렇게 이렇게

함께

한 숟가락 흙 속에

-정현종

한 숟가락 흙 속에
미생물이 1억5천만 마리래!
왜 아니겠는가. 흙 한 술,
삼천대천세계가 거기인 것을!

알겠네 내가 더러 개미도 밟으며 흙길을 갈 때
발바닥에 기막히게 오는 그 탄력이 실은
수십억 마리 미생물이 밀어 올리는
바로 그 힘이었다는 걸!

수라修羅

— 백석

거미새끼 하나 방바닥에 나린 것을 나는 아무 생각 없이 문밖으로 쓸어버린다
차디찬 밤이다

언제인가 새끼거미 쓸려나간 곳에 큰거미가 왔다
나는 가슴이 짜릿한다
나는 또 큰거미를 쓸어 문밖으로 버리며
찬 밖이라도 새끼 있는 데로 가라고 하며 서러워한다

이렇게 해서 아린 가슴이 싹기도 전이다
어데서 좁쌀알만한 알에서 가제 깨인 듯한 발이 채 서지도 못한 무척 작은 새끼거미가 이번엔 큰거미 없어진 곳으로 와서 아물거린다
나는 가슴이 메이는 듯하다
내 손에 오르기라도 하라고 나는 손을 내어미나 분명히 울고불고할 이 작은 것은 나를 무서우이 달아나버리며 나를 서럽게 한다
나는 이 작은 것을 고히 보드러운 종이에 받어 또 문밖으로 버리며 이것의 엄마와 누나나 형이 가까이 이것의 걱

정을 하며 있다가 쉬이 만나기나 했으면 좋으련만 하고 슬퍼한다

밭 한 뙈기

— 권정생

사람들은 참 아무것도 모른다.
밭 한 뙈기
논 한 뙈기
그걸 모두
'내' 거라고 말한다.

이 세상
온 우주 모든 것이
한 사람의
'내' 것은 없다.

하느님도
'내' 거라고 하지 않으신다.
이 세상
모든 것은
모두의 것이다.

아기 종달새의 것도 되고
아기 까마귀의 것도 되고

다람쥐의 것도 되고
한 마리 메뚜기의 것도 되고

밭 한 뙈기
돌멩이 하나라도
그건 '내' 것이 아니다.
온 세상 모두의 것이다.

낙화

— 조지훈

꽃이 지기로서니
바람을 탓하랴

주렴 밖에 성긴 별이
하나 둘 스러지고

귀촉도 울음 뒤에
머언 산이 다가서다.

촛불을 꺼야 하리
꽃이 지는데

꽃 지는 그림자
뜰에 어리어

하이얀 미닫이가
우련 붉어라.

묻혀서 사는 이의

고운 마음을

아는 이 있을까
저어하노니

꽃이 지는 아침은
울고 싶어라.

깊은 물

- 도종환

물이 깊어야 큰 배가 뜬다
얕은 물에는 술잔 하나 뜨지 못한다
이 저녁 그대 가슴엔 종이배 하나라도 뜨는가
돌아오는 길에도 시간의 물살에 쫓기는 그대는

얕은 물은 잔돌만 만나도 소란스러운데
큰 물은 깊어서 소리가 없다
그대 오늘은 또 얼마나 소리치며 흘러갔는가
굽이 많은 이 세상 이 시냇가 여울을

사랑은 조용히 오는 것

— 글로리아 밴더빌트

사랑은 조용히 오는 것
외로운 여름과
거짓 꽃이 시들고도
기나긴 세월이 흐를 때
사랑은 천천히 오는 것
얼어붙은 물속으로 파고드는
밤하늘의 총총한 별처럼
조용히 내려앉는 눈과 같이
조용히 천천히
땅속에 뿌리박는
풀처럼 사랑은
더디고 조용한 것
내리다가 흩날리는 눈처럼
사랑은 살며시 뿌리로 스며드는 것
씨앗이 싹트듯
달이 커지듯 천천히

미라보 다리

— 기욤 아폴리네르

미라보 다리 아래 센강이 흐르고
우리의 사랑도 흐른다
기쁨은 늘 고통 뒤에 온다는 것을
내 마음속 깊이 기억하리

밤은 오고 종은 울리고
세월은 가고 나는 머문다

서로 손을 맞잡고 얼굴을 마주하고
우리의 팔이 만든 다리 아래로
지친 듯 흘러가는
영원의 물결이여

밤은 오고 종은 울리고
세월은 가고 나는 머문다

흐르는 강물처럼 사랑이 흐르고
우리의 사랑도 흘러만 간다
삶처럼 느리게

희망처럼 격렬하게

밤은 오고 종은 울리고
세월은 가고 나는 머문다

하루가 지나고 세월이 흐르면
지나간 시간도 사랑도
돌아오지 않고
미라보 다리 아래 센강만 흐른다

밤은 오고 종은 울리고
세월은 가고 나는 머문다

나를 생각하세요

— 구스타보 아돌포 베케르

창문 앞 나팔꽃 넝쿨의 흔들림을 보고
지나가는 바람이 한숨짓는다 생각하실 거라면
그 푸른 잎사귀 뒤에 숨은 내가
한숨짓는다 생각하세요.

그대 등 뒤에서 무슨 소리가 나직이 들리고
멀리서 누군가 부른다고 여겨 돌아보실 거라면
쫓아오는 그림자 속 내가
그대를 부르는 거라 생각하세요.

한밤중에 이상하게도 그대 가슴이 설레고
입술에 불타는 입김을 느끼시거든
눈에 보이지 않아도 그대 바로 곁에
내 입김이 서린다 생각하세요.

삶이 그대를 속일지라도

— 알렉산드르 세르게예비치 푸시킨

삶이 그대를 속일지라도
슬퍼하거나 노여워하지 말라
슬픈 날을 참고 견디면
기쁜 날이 오리니.

마음은 미래에 살고
현재는 슬픈 것
모든 것은 순식간에 지나가고
지나간 것은 또다시 그리움이 되리니.

PART 3

그대를 다 가지겠습니다

여기에 내리고

거기에는 내리지 않는 비

당신은 그렇게 먼 곳에 있습니다

그리움

-나태주

가지 말라는데 가고 싶은 길이 있다
만나지 말자면서 만나고 싶은 사람이 있다
하지 말라면 더욱 해보고 싶은 일이 있다

그것이 인생이고 그리움
바로 너다

노래(사랑하는 이여, 내가 죽거든)

— **크리스티나 G. 로세티**

사랑하는 이여, 내가 죽거든
날 위해 슬픈 노래는 부르지 마세요
내 머리맡에 장미도
그늘진 사이프러스도 심지 마세요
비에 젖고 이슬 맺힌
푸른 풀로만 나를 덮어주세요
그리고 기억나면 기억하시고
잊을 테면 잊으세요

나는 그림자도 보지 못하고
빗방울도 못 느끼겠지요
괴로운 듯 울어대는 나이팅게일의 노래도
이제는 듣지 못할 거예요
그리고 해가 뜨지도 지지도 않는
희미한 어둠 속에서 꿈꾸며
어쩌면 그대를 생각하겠지요
아니, 어쩌면 잊을지도 모르지요

Song(When I am dead, my dearest)

— **Christina G. Rossetti**

When I am dead, my dearest,
Sing no sad songs for me;
Plant thou no roses at my head,
Nor shady cypress tree:
Be the green grass above me
With showers and dewdrops wet:
And if thou wilt, remember,
And if thou wilt, forget.

I shall not see the shadows,
I shall not feel the rain;
I shall not hear the nightingale
Sing on, as if in pain:
And dreaming through the twilight
That doth not rise nor set,
Haply I may remember,
And haply may forget.

낙화, 첫사랑

— 김선우

1

그대가 아찔한 절벽 끝에서
바람의 얼굴로 서성인다면 그대를 부르지 않겠습니다
옷깃 부둥키며 수선스럽지 않겠습니다
그대에게 무슨 연유가 있겠거니
내 사랑의 몫으로
그대의 뒷모습을 마지막 순간까지 지켜보겠습니다
손 내밀지 않고 그대를 다 가지겠습니다

2

아주 조금만 먼저 바닥에 닿겠습니다
가장 낮게 엎드린 처마를 끌고
추락하는 그대의 속도를 앞지르겠습니다
내 생을 사랑하지 않고는
다른 생을 사랑할 수 없음을 늦게 알았습니다
그대보다 먼저 바닥에 닿아
강보에 아기를 받듯 온몸으로 나를 받겠습니다

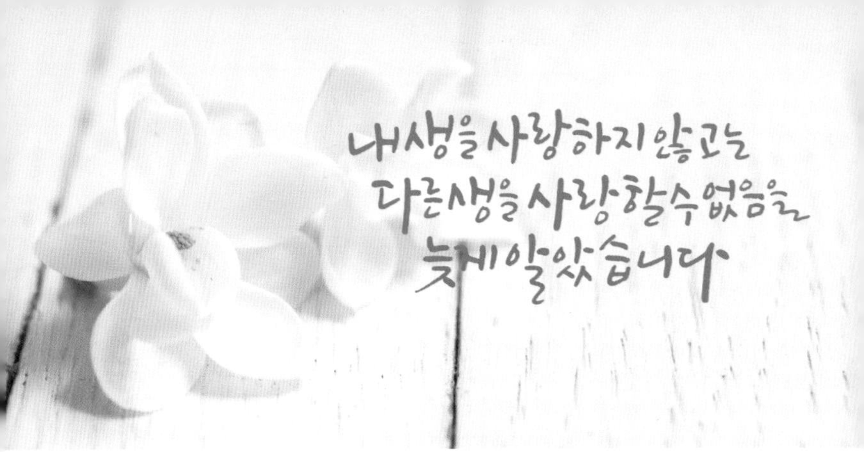
내 생을 사랑하지 않고는
다른 생을 사랑할 수 없음을
늦게 알았습니다

어느 뉴펀들랜드 개의 묘비명

— 조지 고든 바이런

이곳 근처에
그의 유해가 묻혔도다.
그는 아름다움을 가졌으되 허영심이 없었고
힘을 가졌으되 거만하지 않았고
용기를 가졌으되 흉포하지 않았고
인간의 모든 덕목을 가졌으되 악덕은 갖지 않았다.
이러한 찬사가 인간의 유해 위에 새겨진다면
의미 없는 아부가 되겠지만
1803년 5월 뉴펀들랜드에서 태어나
1808년 11월 18일 뉴스테드 수도원에서 죽은
개 보우슨의
영전에 바치는 말로는 정당한 찬사이리라.

꽃이 하고픈 말

— 하인리히 하이네

새벽녘 숲에서 꺾은 제비꽃
이른 아침 그대에게 보내드리리
황혼 무렵 꺾은 장미꽃도
저녁에 그대에게 갖다드리리

그대는 아는가
낮에는 진실하고
밤에는 사랑해달라는
그 예쁜 꽃들이 하고픈 말을

젖지 않는 마음 —— 편지 3

—— **나희덕**

여기에 내리고
거기에는 내리지 않는 비
당신은 그렇게 먼 곳에 있습니다
지게도 없이
자기가 자기를 버리러 가는 길
길가의 풀들이나 스치며 걷다 보면
발끝에 쟁쟁 깨지는 슬픔의 돌멩이 몇 개
그것마저 내려놓고 가는 길
오로지 젖지 않는 마음 하나
어느 나무 그늘 아래 부려두고 계신가요
여기에 밤새 비 내려
내 마음 시린 줄도 모르고 비에 젖었습니다
젖는 마음과 젖지 않는 마음의 거리
그렇게 먼 곳에서
다만 두 손 비비며 중얼거리는 말
그 무엇으로도 돌아오지 말기를
거기에 별빛으로나 그대 총총 뜨기를

다리 위에서

— 이용악

바람이 거센 밤이면
몇 번이고 꺼지는 네모난 장명등을
궤짝 밟고 서서 몇 번이고 새로 밝힐 때
누나는
별 많은 밤이 되려 무섭다고 했다

국숫집 찾아가는 다리 위에서
문득 그리워지는
누나도 나도 어려선 국숫집 아이

단오도 설도 아닌 풀벌레 우는 가을철
단 하루
아버지의 제삿날만 일을 쉬고
어른처럼 곡을 했다

무서운 시간

- 윤동주

거 나를 부르는 것이 누구요,

가랑잎 이파리 푸르러 나오는 그늘인데,
나 아직 여기 호흡이 남아 있소

한번도 손들어 보지 못한 나를
손들어 표할 하늘도 없는 나를

어디에 내 한 몸 둘 하늘이 있어
나를 부르는 것이오

일을 마치고 내 죽는 날 아침에는
서럽지도 않은 가랑잎이 떨어질 텐데 ……

나를 부르지 마오

하늘의 무지개를 볼 때마다

— 윌리엄 워즈워스

하늘의 무지개를 볼 때마다
내 마음 뛰노나니,
나 어려서 그러하였고
어른 된 지금도 그러하거늘
나 늙어서도 그러할지어다.
아니면 이제라도 나의 목숨 거둬 가소서.
어린이는 어른의 아버지
소원하노니 내 생애의 하루하루가
자연에 대한 숭배로 이루어질진저.

My Heart Leaps Up When I Behold

— **William Wordsworth**

My heart leaps up when I behold
A rainbow in the sky:
So was it when my life began;
So is it now I am a man;
So be it when I shall grow old,
Or let me die!
The Child is father of the Man;
And I could wish my days to be
Bound each to each by natural piety

상처받은 사람을 사랑할 때

— 존 오도나휴

깊이 상처받은 누군가를 사랑할 때
그대가 할 수 있는 가장 못된 일은
그 상처를 직접 꺼내어 건드리는 거예요.

단순히 상처가 거기 있음을
알아차려주는 것만으로도 충분해요.
알아주고 조용히 물러나주세요.

그리고 기회가 있을 때마다
영혼의 부드러운 빛을 그 상처에 비춰주세요.

님아

— 변영로

님아
지는 햇빛 붉으니
갈 길 빨리 걷자.

님아
눈썹 달빛 푸르니
갈 길 좀 더 가자.

님아
새벽 빛 희미하니
갈 길 마저 가자.

귀뚜라미 소리

- 방정환

귀뚜라미 귀뚜르르 가느단 소리
달님도 추워서 파랗습니다

울 밑에 과꽃이 네 밤만 자면
눈 오는 겨울이 찾아온다고

귀뚜라미 귀뚜르르 가느단 소리
달밤에 오동잎이 떨어집니다

아들에게

— 문정희

아들아
너와 나 사이에는
신이 한 분 살고 계시나 보다

왜 나는 너를 부를 때마다
이토록 간절해지는 것이며
네 뒷모습에 대고
언제나 기도를 하는 것일까

네가 어렸을 땐
우리 사이에 다만
아주 조그맣고 어리신 신이 계셔서

사랑 한 알에도
우주가 녹아들곤 했는데

이제 쳐다보기만 해도
훌쩍 큰 키의 젊은 사랑아

너와 나 사이에는
무슨 신이 한 분 살고 계셔서
이렇게 긴 강물이 끝도 없이 흐를까

새해 아침

— 오일도

한겨울 앓던 이 몸
새해라 산에 오르니
새해라 그런지 햇살도 따스하구나
마른 가지에 곧 꽃도 필 듯하네.

멀리 있는 동무가 그리워요
이 몸에 병이 낫고
이 산에 꽃 피거든
날마다 이 산에 올라
파-란 하늘이나 쳐다볼까.

어둠 속으로 순순히 들어가지 말아요

— 딜런 토마스

그 어둠 속으로
순순히 들어가지 말아요
노년은 날이 저물어 갈 때
불타고 포효해야 하는 것
꺼져가는 빛을 향해 분노하고 분노하세요

지혜로운 자들이 삶의 끝에 서서
어둠을 당연히 받아들이더라도
그들의 언어로 아직 어떠한 빛도 가르지 못했으니
그 어둠 속으로
순순히 들어가지 말아요

선한 이들은 마지막 파도가 지나간 뒤 울부짖죠
푸른 해변에서 빛나게 춤추지 못한 과거를 후회하며
꺼져가는 빛을 향해 분노하고 분노하세요

뜨거운 이들은 날아오른 태양을 붙잡고 노래했지만
해가 진다는 슬픈 사실을 뒤늦게야 알게 되나니
그 어둠 속으로

순순히 들어가지 말아요

죽음 가까이에서 노쇠한 이들은
비록 앞이 잘 보이지 않을지라도
멀어버린 눈으로도 불타고 빛날 수 있으니
꺼져가는 빛을 향해 분노하고 분노하세요

그리고 당신, 나의 아버지여
거기 슬픔의 언덕에 서서
당신의 뜨거운 눈물로 나를 질책하고 축복하시기를
그 어둠 속으로
순순히 들어가지 말아요
꺼져가는 빛을 향해 분노하고 분노하세요

PART 4

그토록 찬란했던 빛이건만

꽃은 모두 열매가 되려 하고

아침은 모두 저녁이 되려 한다

이 세상에 영원한 것은 없다

예술가

— 한용운

나는 서투른 화가여요.

잠 아니 오는 잠자리에 누워서 손가락을 가슴에 대고 당신의 코와 입과 두 볼에 샘 파지는 것까지 그렸습니다.

그러나 언제든지 작은 웃음이 떠도는 당신의 눈자위는 그리다가 백번이나 지웠습니다.

나는 파겁 못한 성악가여요.

이웃 사람도 돌아가고 버러지 소리도 그쳤는데

당신이 가르쳐주시던 노래를 부르려다가 조는 고양이가

부끄러워서 부르지 못하였습니다.

그래서 가는 바람이 문풍지를 스칠 때에 가만히 합창하였습니다.

나는 서정시인이 되기에는 소질이 없나 봐요.

'즐거움'이니 '슬픔'이니 '사랑'이니 그런 것은 쓰기 싫어요.

당신의 얼굴과 소리와 걸음걸이를 그대로 쓰고 싶습니다.

그리고 당신의 집과 침대와 꽃밭에 있는 작은 돌도 쓰겠습니다.

여유

— 윌리엄 헨리 데이비스

근심에 가득 차
가던 길 멈춰 서서
잠시 주위를
바라볼 틈도 없다면
얼마나 슬픈 인생일까?

양이나 젖소처럼
나무 아래에서
한가로이 오랫동안
무언가를 바라볼 틈도 없다면

숲을 지나며
다람쥐가 풀숲에
도토리를 감추는 것을
바라볼 틈도 없다면

햇빛 눈부신 한낮,
밤하늘처럼
별들이 반짝이는 강물을

바라볼 틈도 없다면

아름다운 여인의
다정한 눈길에 고개를 돌려
춤추는 그 고운 발을
바라볼 틈도 없다면

눈가에서 시작한 그녀의 미소가
입가로 번지는 것을
기다릴 틈도 없다면

얼마나 가여운 인생인가!
근심으로 가득 차
주위를 잠시도
바라볼 틈이 없다면.

조용히 앉아서

— 스와미 묵타난다

조용히 앉아서
누가 너의 생각을 관찰하고 있는지
가만히 찾아보라
그러면 네 안에서
또 하나의 너를 발견하게 되리라
그를 주의 깊게 관찰하며 이해하려 노력한다면
너 자신을 분명히 알게 되리라
그렇게 안을 들여다보라
네 안의 또 하나의 너를 찾으라
그러면 완성에 가까워질 테니

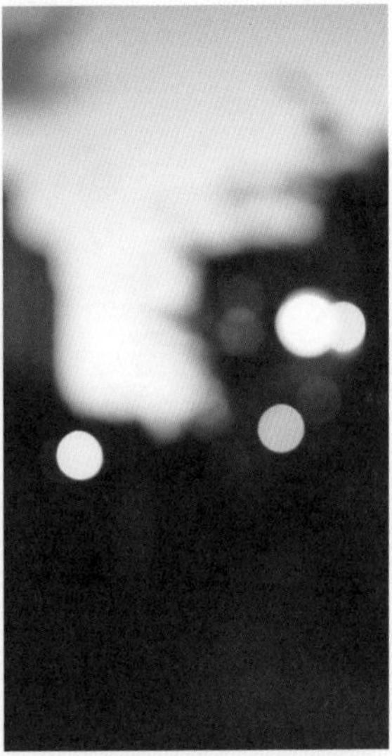

초원의 빛

— 윌리엄 워즈워스

한때 그토록 찬란했던 빛이건만
이제는 속절없이 사라진
다시는 돌아올 수 없는
초원의 빛이여
꽃의 영광이여
우리는 슬퍼하지 않으리
오히려 강한 힘으로 살아남으리
존재의 영원함을
티 없는 가슴으로 믿으리
삶의 고통을 사색으로 어루만지고
죽음마저 꿰뚫는
명철한 믿음이라는 세월의 선물로

Splendor in the Grass

— **William Wordsworth**

What though the radiance which was once so bright
Be now for ever taken from my sight,
Though nothing can bring back the hour
Of splendor in the grass
Of glory in the flower
We will grieve not rather find
Strength in what remains behind
In the primal sympathy
Which having been must ever be
In the soothing thoughts that spring
Out of human suffering
In the faith that looks through death
In years that bring the philosophic mind

길

— 김기림

나의 소년 시절은 은빛 바다가 엿보이는 그 긴 언덕길을 어머니의 상여와 함께 꼬부라져 돌아갔다.

내 첫사랑도 그 길 위에서 조약돌처럼 집었다가 조약돌처럼 잃어버렸다.

그래서 나는 푸른 하늘 빛에 혼자 때없이 그 길을 넘어 강가로 내려갔다가도 노을에 함빡 자줏빛으로 젖어서 돌아오곤 했다.

그 강가에는 봄이, 여름이, 가을이, 겨울이 나의 나이와 함께 여러 번 다녀갔다. 가마귀도 날아가고 두루미도 떠나간 다음에는 누런 모래둔과 그리고 어두운 내 마음이 남아서 몸서리쳤다. 그런 날은 항용 감기를 만나서 돌아와 앓았다.

할아버지도 언제 난지를 모른다는 동구 밖 그 늙은 버드나무 밑에서 나는 지금도 돌아오지 않는 어머니, 돌아오지 않는 계집애, 돌아오지 않는 이야기가 돌아올 것만 같아 멍하니 기다려 본다. 그러면 어느새 어둠이 기어와서 내 뺨의 얼룩을 씻어 준다.

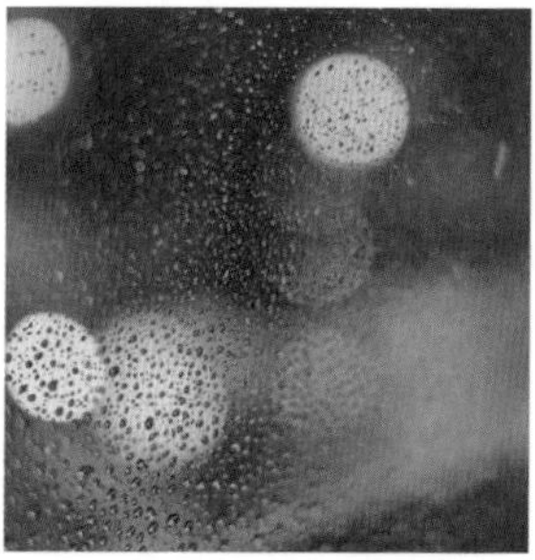

너는 울었다

— 이반 투르게네프

너는 울었다
나의 불행을 보고

나도 울었다
나를 아파하는 너의 동정이 가슴에 사무쳐

그러나 너는
너 자신의 불행 때문에 운 것이 아닐까?

너는 너 자신의 불행을
내게서 보았을 뿐

싸늘한 이마

— 박용철

큰 어둠 가운데 홀로 밝은 불 켜고 앉아 있으면 모두 빼앗기는 듯한 외로움
한 포기 산꽃이라도 있으면 얼마나한 위로이랴

모두 빼앗기는 듯 눈덮개 고이 나리면 환한 왼몸은 새파란 불붙어 있는 인광(燐光)
까만 귀뚜리 하나라도 있으면 얼마나한 기쁨이랴

파란 불에 몸을 사르면 싸늘한 이마 맑게 트이어 기어가는 신경의 간지러움
길 잃은 별이라도 맘에 있다면 얼마나한 즐검이랴

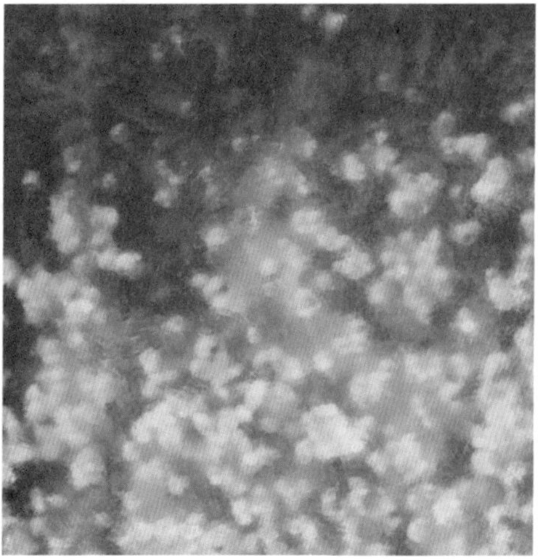

달팽이

– 권태응

달 달 달팽이
뿔 넷 달린 달팽이
건드리면 옴추락
가만두면 내밀고

달 달 달팽이
느림뱅이 달팽이
멀리 한 번 못 가고
밭에서만 놀고

우리 이제 더 이상 방황하지 않으리

— 조지 고든 바이런

우리 이제 더 이상 방황하지 않으리
이토록 늦은 한밤중에
마음은 여전히 사랑에 불타고
달빛 여전히 밝게 빛나지만

칼을 쓰면 칼집이 해어지고
영혼이 괴로우면 가슴이 허나니
심장도 숨 쉬려면 쉬어야 하고
사랑에도 휴식이 있어야 하느니

밤은 사랑을 위해 있고
낮은 너무 빨리 돌아오지만
우리 이제 더 이상 방황하지 않으리
아련히 흐르는 달빛 사이를

So We'll Go No More A-Roving

— **George Gordon Byron**

So we'll go no more a-roving
So late into the night,
Though the heart be still as loving,
And the moon be still as bright.

For the sword outwears its sheath,
And the soul wears out the breast,
And the heart must pause to breathe,
And love itself have rest.

Though the night was made for loving,
And the day returns too soon,
Yet we'll go no more a-roving
By the light of the moon.

내가 박식한 천문학자의 말을 들었을 때

— 월트 휘트먼

내가 박식한 천문학자의 말을 들었을 때
증거와 숫자들이 내 앞에 나란히 놓였을 때
더하고 나누고 계산해야 하는 도표와 도형들을 보았을 때
강의실에 앉아 천문학자의 강의와 그를 향한 박수갈채를 들었을 때
나는 갑작스레 지치고 지루해져서
밖으로 나가
신비롭고 촉촉한 밤공기 사이를 홀로 서성이며
때때로 완벽한 고요 속에서 별들을 올려다보았다

통곡

— 이상화

하늘을 우러러
울기는 하여도
하늘이 그리워 울음이 아니다
두 발을 못 뻗는 이 땅이 애달파
하늘을 흘기니
울음이 터진다.
해야 웃지 마라
달도 뜨지 마라

마른 잎

— 헤르만 헤세

꽃은 모두 열매가 되려 하고
아침은 모두 저녁이 되려 한다
이 세상에 영원한 것은 없다
변화와 세월의 흐름만 있을 뿐

이 푸룻한 여름도 언젠가는
가을의 낙엽을 느끼려 한다
잎이여, 불어오는 바람이 유혹할 때
끈기 있게 참아라

너의 놀이를 놀기만 하고
거스르지 말고 가만히 두라
너를 꺾어 가는 바람에 실려
너의 집으로 날리어 가라

가을날

— 라이너 마리아 릴케

주여, 때가 되었습니다. 여름은 참으로 위대했습니다.
당신의 그림자를 해시계 위에 드리워 주시고
들판에는 바람을 풀어 놓아 주소서.

열매들이 살찌도록 부추겨 주소서;
그들에게 이틀만 더 따뜻한 날을 주시고,
크나큰 완성을 이루게 해 주시며,
무거운 포도송이에 마지막 단맛이 스미게 해 주소서.

지금 집이 없는 사람은 이제 집을 짓지 않습니다.
지금 고독한 사람은 이후로도 오래 고독하게 살아
잠 못 들어, 책을 읽고, 긴 편지를 쓸 것입니다.
낙엽이 바람에 불려 갈 때,
가로수 길을 이리저리 헤매일 것입니다.

꿈과 상처

-김승희

나대로 살고 싶다
나대로 살고 싶다
어린 시절 그것은 꿈이었는데

나대로 살 수밖에 없다
나대로 살 수밖에 없다
나이 드니 그것은 절망이구나

PART 5

기다리지 않아도 너는 온다

시름없이 꽃을 주워서 입술에 대고 '너는 언제 피었니' 하고 물었습니다

꽃은 말도 없이 나의 눈물에 비쳐서

둘도 되고 셋도 됩니다

팬케이크를 반죽해요

— **크리스티나 G. 로세티**

팬케이크를 반죽해요.
부지런히 저어요.
팬 위에 올리고는
한쪽 면을 익혀요. 재빨리 뒤집어요.
할 수만 있다면!
세상도 뒤집어보고 싶어요.

잊으시구려

— 사라 티즈데일

잊으시구려 꽃이 잊혀지는 것같이
한때 금빛으로 노래하던 불길이 잊혀지듯이
영원히 영원히 잊으시구려
시간은 친절한 친구, 그는 우리를 늙게 합니다

누가 묻거든 잊었다고
예전에 예전에 잊었다고,
꽃과 같이 불과 같이 오래 전에 잊혀진
눈 위의 고요한 발자국같이

미움이란 말

— 김영랑

미움이란 말 속에 보기 싫은 아픔
미움이란 말 속에 하잔한 뉘우침
그러나 그 말씀 씹히고 씹힐 때
한 꺼풀 넘치어 흐르는 눈물

내 심장은 너무 작아서

— 잘랄루딘 루미

'내 심장은 너무 작아서
거의 보이지도 않습니다
그런데 당신은 이 작은 심장 안에
어떻게 이토록 큰 슬픔을 넣을 수 있었습니까?'

신이 대답했다
'보라, 너는 그 작은 눈으로도
세상을 다 볼 수 있지 않느냐'

봄은 간다

-김억

밤이도다
봄이다

밤만도 애달픈데
봄만도 생각인데

날은 빠르다
봄은 간다

깊은 생각은 아득이는데
저 바람에 새가 슬피운다

검은 내 떠돈다
종소리 빗긴다

말도 없는 밤의 설움
소리없는 봄의 가슴

꽃은 떨어진다
님은 탄식한다

선우사膳友辭 —— 함주시초 4

—— 백석

낡은 나조반에 흰밥도 가재미도 나도 나와 앉어서
쓸쓸한 저녁을 맞는다

흰밥과 가재미와 나는
우리들은 그 무슨 이야기라도 다 할 것 같다
우리들은 서로 미덥고 정답고 그리고 서로 좋구나

우리들은 맑은 물밑 해정한 모래톱에서 하구 긴 날을 모래알만 헤이며 잔뼈가 굵은 탓이다
바람 좋은 한벌판에서 물닭이 소리를 들으며 단이슬 먹고 나이들은 탓이다
외따른 산골에서 소리개소리 배우며 다람쥐 동무하고 자라난 탓이다

우리들은 모두 욕심이 없어 희여졌다
착하디 착해서 세괃은 가시 하나 손아귀 하나 없다
너무나 정갈해서 이렇게 파리했다

우리들은 가난해도 서럽지 않다

우리들은 외로워할 까닭도 없다
그리고 누구 하나 부럽지도 않다

흰밥과 가재미와 나는
우리들이 같이 있으면
세상 같은 건 밖에나도 좋을 것 같다

우리들은 가난해도 서럽지 않다
우리들은 외로워할 까닭도 없다
그리고 누구 하나 부럽지도 않다

씨앗

— 허영자

가을에는
씨앗만 남는다

달콤하고 물 많은
살은
탐식하는 입속에 녹고
단단한 씨앗만 남는다

화사한
거짓 웃음
거짓말
거짓 사랑은 썩고

가을에는
까맣게 익은
고독한 혼의
씨앗만 남는다

아름답게 나이 들게 하소서

— 칼 윌슨 베이커

아름답게 나이 들게 하소서.
수많은 멋진 것들이 그러하듯이.
레이스와 상아와 황금, 그리고 비단도
꼭 새것이 좋은 것은 아닙니다.
오래된 나무에 치유력이 있고
오래된 거리에 영화가 깃들듯
저도 나이 들수록
더욱 아름다워지게 하소서.

Let Me Grow Lovely

— **Karle Wilson Baker**

Let me grow lovely, growing old—
So many fine things do:
Laces, and ivory, and gold,
And silks need not be new;
And there is healing in old trees,
Old streets a glamour hold;
Why may not I, as well as these,
Grow lovely, growing old—

임의 노래

— 김소월

그리운 우리 임의 맑은 노래는
언제나 제 가슴에 젖어 있어요

긴 날을 문밖에서 서서 들어도
그리운 우리 임의 고운 노래는
해 지고 저물도록 귀에 들려요
밤들고 잠들도록 귀에 들려요

고이도 흔들리는 노랫가락에
내 잠은 그만이나 깊이 들어요
고적한 잠자리에 홀로 누워도
내 잠은 포스근히 깊이 들어요

그러나 자다 깨면 임의 노래는
하나도 남김없이 잃어버려요
들으면 듣는 대로 임의 노래는
하나도 남김없이 잊고 말아요

돌팔매

— 오일도

온종일 바닷가에 나와
걸으며 사색하며 바다를 바라보아도
내 마음 풀 길 없으매
드디어 나는 돌 한 개 집어
물 위에 핑 던졌다.

바다는 윤(輪)을 그린다.

사랑과 잠

— 황석우

잠은 사랑과 같이 사람의 눈으로부터 든다
그러나 사랑은 사람의 눈동자로부터도 적발로 살그머니 들어가고
잠은 사랑의 눈꺼풀로부터 공연하게 당당히 들어간다
그럼으로 사랑은 좀도적의 소인, 잠은 군자!
또 그들의 다른 곳은 사랑은 사람의 마음 가운데 들고
잠은 사람의 몸 가운데 들어간다
그리고 사랑의 맛은 달되 체하기 쉽고
잠의 맛은 담담해야 탈남이 없다

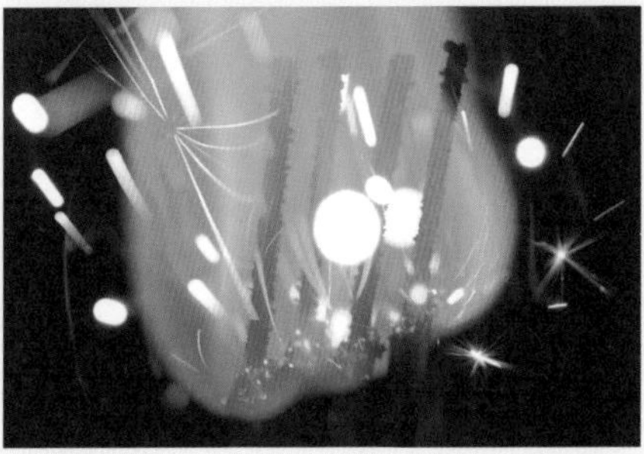

감각

— 아르튀르 랭보

여름의 상쾌한 저녁, 보리 이삭에 찔리우며
풀밭을 밟고 오솔길을 가리라.
꿈꾸듯 내딛는 발걸음, 한 발자욱마다 신선함을 느끼고,
모자는 없이, 불어오는 바람에 머리칼을 날리는구나!

말도 하지 않으리. 생각도 하지 않으리. 그러나,
내 마음 깊은 곳으로부터 사랑만은 솟아오르네.
나는 어디든지 멀리 떠나가리라, 마치 방랑자처럼.
자연과 더불어, — 연인을 데리고 가는 것처럼 가슴 벅차게.

봄

- 이성부

기다리지 않아도 오고
기다림마저 잃었을 때에도 너는 온다
어디 뻘밭 구석이거나
썩은 물웅덩이 같은 데를 기웃거리다가
한눈 좀 팔고, 싸움도 한판 하고,
지쳐 나자빠져 있다가
다급한 사연 듣고 달려간 바람이
흔들어 깨우면
눈 부비며 너는 더디게 온다
더디게 더디게 마침내 올 것이 온다
너를 보면 눈부셔
일어나 맞이할 수가 없다
입을 열어 외치지만 소리는 목구멍에 걸려
나는 아무것도 미리 알릴 수가 없다
가까스로 두 팔을 벌려 껴안아 보는
너, 먼 데서 이기고 돌아온 사람아

해당화

— 한용운

당신은 해당화 피기 전에 오신다고 하였습니다 봄은 벌써 늦었습니다
봄이 오기 전에는 어서 오기를 바랐더니 봄이 오고 보니 너무 일찍 왔나 두려워합니다

철모르는 아해들은 뒷동산에 해당화가 피었다고 다투어 말하기로 듣고도 못 들은 체하였더니
야속한 봄바람은 나는 꽃을 불어서 경대 위에 놓습니다 그려
시름없이 꽃을 주워서 입술에 대고 '너는 언제 피었니' 하고 물었습니다
꽃은 말도 없이 나의 눈물에 비쳐서 둘도 되고 셋도 됩니다

시인 이름으로 찾아보기 (가나다순)

이 책에 실린 시의 출처

〈그리움〉 나태주, 《끝까지 남겨두는 그 마음》 북로그컴퍼니, 2019

〈깊은 물〉 도종환, 《흔들리며 피는 꽃》 문학동네, 2012

〈꽃을 위한 서시(序詩)〉 김춘수, 《꽃》 지만지, 2012

〈꿈과 상처〉 김승희, 《어떻게 밖으로 나갈까》 세계사, 1991

〈낙화〉 조지훈, 《승무》 시인생각, 2013

〈낙화, 첫사랑〉 김선우, 《내 몸속에 잠든 이 누구신가》 문학과지성사, 2007

〈밭 한 뙈기〉 권정생, 《어머니 사시는 그 나라에는》 지식산업사, 2000

〈별 하나〉 김형영, 《다른 하늘이 열릴 때》 문학과지성사, 1987

〈봄〉 이성부, 《우리들의 양식》 민음사, 2006

〈사랑법〉 강은교, 《그대는 깊디 깊은 강》 미래사, 1991

〈사랑하는 사람이 미워지는 밤에는〉 도종환, 《흔들리지 않고 피는 꽃이 어디 있으랴》 알에이치코리아, 2014

〈설야(雪夜)〉 김광균, 《설야-한국 대표 명시선 100》 시인생각, 2013

〈숲〉 강은교, 《막다른 골목을 사랑했네 나는》 시인생각, 2013

〈씨앗〉 허영자, 《얼음과 불꽃》 시월, 2008

〈아들에게〉 문정희, 《지금 장미를 따라》 민음사, 2016

〈임께서 부르시면〉 신석정, 《신석정 시선》 지만지, 2013

〈입술〉 이성복, 《그 여름의 끝》 문학과지성사, 1990

〈젖지 않는 마음 — 편지 3〉 나희덕, 《그 말이 잎을 물들였다》 창비, 1999

〈첫사랑〉 고재종, 《쪽빛 문장》 문학사상, 2004

〈치자꽃 설화〉 박규리, 《이 환장할 봄날에》 창비, 2004

〈'하물며'라는 말〉 김승희, 《희망이 외롭다》 문학동네, 2012

〈한 숟가락 흙 속에〉 정현종, 《한 꽃송이》 문학과지성사, 1998